FLORES
DA
BATALHA

FLORES DA BATALHA

SÉRGIO VAZ

Apresentação — Emicida

1ª Edição
São Paulo, 2023

global
editora

© Sérgio Vaz, 2022

1ª Edição, Global Editora, São Paulo 2023

Jefferson L. Alves – diretor editorial
Gustavo Henrique Tuna – gerente editorial
Flávio Samuel – gerente de produção
Jefferson Campos – assistente de produção
Nair Ferraz – coordenadora editorial
Giovana Sobral – revisão
Ana Claudia Limoli – projeto gráfico
Julia Ahmed – diagramação
Mauricio Negro – capa

Dados Internacionais de Catalogação na Publicação (CIP)
(Câmara Brasileira do Livro, SP, Brasil)

Vaz, Sérgio
  Flores da batalha / Sérgio Vaz; apresentação Emicida. -- 1. ed. --
São Paulo : Global Editora, 2023.

  ISBN 978-65-5612-434-6

  1. Poesia brasileira I. Título.

23-147465   CDD-B869.1

Índices para catálogo sistemático:
1. Poesia : Literatura brasileira B869.1

Henrique Ribeiro Soares - Bibliotecário - CRB-8/9314

Obra atualizada conforme o
NOVO ACORDO ORTOGRÁFICO DA LÍNGUA PORTUGUESA

Global Editora e Distribuidora Ltda.
Rua Pirapitingui, 111 – Liberdade
CEP 01508-020 – São Paulo – SP
Tel.: (11) 3277-7999
e-mail: global@globaleditora.com.br

 globaleditora.com.br   @globaleditora

 /globaleditora   @globaleditora

 /globaleditora   /globaleditora

blog.grupoeditorialglobal.com.br

 Direitos reservados.
Colabore com a produção científica e cultural.
Proibida a reprodução total ou parcial desta
obra sem a autorização do editor.

Nº de Catálogo: **4587**

*Aos meus 35 anos de correria
e a todas as pessoas que caminham
ao meu lado. Muito obrigado.*

Sumário

Ofereça flores — *Emicida*	11
Vassouras do tempo	17
Recado	21
O velho príncipe	23
Quando chovia no coração	25
A novidade é que eu voltei a sorrir (Samba da nova manhã)	27
Uva passa	31
Viver	37
Poesia	39
Afogados	51
Batalhas	53
Tempo ruim	57
Onde nos vimos pela última vez	59
Poesia concreta	63
Fake News	65
Tempos modernos	71

Teimosia	73
Humanidade	79
Ensina-me a viver	87
Geografia da dor	91
A fama das ruas	93
Espelho partido	101
Filosofia de vida	105
Mar profundo	107
Jorge Ben	109
Curva de rio	117
5318	119
Sorriso em flúor	121
No silêncio das ruas	123
O que está acontecendo, Marvin?	129
Espinhos	133
Sobre Sanchos e Quixotes	135
Bilhete	137
Modernidade líquida	139
Cicatrizes	141
Insônia	143
Ventania	145
Heroína	147
Coração de criança não morre	155
Um inferno chamado Brasil	157
Vida dura	159
Flores da batalha	161
Mundo perfeito	163
Cacos de vida	165
Silêncios	167
Apatia	173
Reencontro	175
Brasil com b	177

O que é poesia?	185
Água de rua	189
Sabedoria de vida	193
Café amargo	197
Lâminas	199
Nós	203
Velho normal	207
Mar revolto	215
Sabedoria popular	217
A Tartaruga encantada	219
Amor só de mãe	221
Quando a noite cai	223
Despedida	225
O ódio que você semeia	227
Despedida II	229
Anatomia da saudade	233
Areia nos olhos	235
Amizade	237
Grande centrão: quebradas	241
Rede antissocial	245
Fluxo	247
Pátria madrasta	251
Batalhas dos dias	253
Feiura nas ideias	257
Salve, como é que vai?	265

Ofereça flores

Há 23 anos, a virada do milênio trazia esperanças e temores pra todo gosto. De um lado, um estado de terror e paranoia viriam a se tornar a tônica do mundo ocidental dali pra frente, devido aos ataques terroristas ao World Trade Center, na cidade de Nova York. Do outro, a astrologia alimentava uma expectativa positiva de que, junto do século XXI, chegava também a era de aquário. Um tempo de harmonia e compreensão, de simpatia e verdade, como a *The 5th Dimension* cantava, desde 1969, no refrão de uma de suas mais famosas composições, intitulada "Aquarius". Tal qual o filme homônimo de Kleber Mendonça, lançado em 2016, aquele tempo que chegava temperado por sonhos, paranoias, terror e expectativas de melhores dias, oferecia toda sorte de paradoxos aos atentos (e às vezes aos desligados também). A zona sul de São Paulo foi a região que ofereceu ao Brasil e ao mundo 50% dos integrantes de um dos maiores grupos de rap de todos os tempos, o *Racionais MC's* (que, ainda antes de virar a primeira esquina do século XXI, revisitava em seu primeiro lançamento na nova era um texto de Jorge Ben Jor, anunciando fé no amor e no tempo que chegava, onde as conquistas científicas, espaciais e medicinais, a confraternização dos homens e a humildade de um rei seriam as armas para a vitória da paz universal). Ali do lado florescia uma ideia teimosa que de tão impossível se tornou inevitável: a Cooperifa.

Um bonde puxado por Marcos Pezão (1951-2019) e pelo nosso poeta, autor do livro que você agora tem nas suas mãos (e está nas mãos de muitos outros), Sérgio Vaz.

A primeira vez que ouvi Sérgio falar sobre poesia foi como se algo me tirasse uma mordaça da alma. Não que eu nunca tivesse tido contato com poesia, longe disso, mas eu tinha uma concepção superficial a respeito do que a mesma significava (e olha que eu já fazia rap). Por alguma razão, que depois tratei de investigar mais a fundo, o título de poeta era algo intocável para um vivente. Gente como eu não era "poeta poeta", era mais um enxerido que tinha a cabeça cheia de caraminholas. O mundo se esforça pra fazer com que acreditemos que somos loucos quando fazemos algo que deveria ser considerado normal, e para nos considerarmos normais quando fazemos algo que é literalmente a mais irracional das loucuras. Como, por exemplo, estar perfeitamente encaixado a uma sociedade completamente doentia.

Sérgio me fez ver uma vida na poesia que depois se expandiu pra toda a literatura, de uma forma simples e convidativa. E fez isso comigo e com mais um monte de gente.

Naquela época, quando nasceu a Cooperifa, éramos todos órfãos de mil coisas, principalmente de lugares para colocarmos para fora as caraminholas de nossas cabeças. Não é coincidência que a Batalha do Santa Cruz, um templo para os improvisadores de São Paulo, também tenha surgido no mesmo período, alguns anos depois da Cooperifa. Na rua.

Em batalhas como a do Santa Cruz, conheci o conceito que os estadunidenses chamam de *punchline* — linhas de soco, na tradução —, que são aquelas sequências de palavras que batem em você literalmente como um soco. Assim como a realidade faz tantas vezes. Sempre entendi a poesia de Sérgio Vaz como um exercício contínuo de *punchlines* (e precisamos de um nome melhor pra isso agora), com uma autoprovocação fascinante em que ele busca ler os paradoxos de seu tempo e de outros e utilizá-los como eletrochoques que nos levantam das cadeiras. Em minha interpretação, essa é a forma que Sérgio encontrou para transcender as palavras e fazer com que as pessoas entendam de uma vez por todas que a poesia já está na vida cotidiana; caso fiquemos flutuando no modo avião que o capitalismo nos impõe, vamos atravessar a vida inteira vivendo em um mundo que não tivemos a capacidade de enxergar (para parafrasear aqui o velho Eduardo Galeano).

Falando em Galeano, Sérgio me lembra uma categorização que outro grande escritor latino-americano, o argentino Julio Cortázar, fazia a respeito de sua produção literária. Ele falava que possuía três etapas — não acho que ao atravessar de uma para outra elas se anulem, pelo contrário, elas se complementam e se revezam entre si. As três etapas eram a estética, a metafísica e a histórica. A estética sempre me remete ao exercício da escrita, a busca por um caminho que traga emoção e também técnica; fotografar o invisível, como diria Manoel de Barros. O poeta Sérgio sempre esteve lá, desde a antologia de 2008 da Cooperifa; mas não só lá. Em *Literatura, pão e poesia* ele redefine a canção dos *Titãs*, "Comida", partindo de um outro ponto dessa cidade gigante que é São Paulo, e abre o apetite do mundo para seu entorno — você não precisa ser outro para ser alguém. Essa foi a fase na qual conheci a caneta e Sérgio Vaz. Em seguida, há a fase metafísica, onde existe um profundo mergulho na essência das coisas, sempre com uma preocupação em conduzir a poesia e trazer junto sua gente (ou conduzir sua gente e trazer junto a poesia? Funciona também). E, por fim, chegamos ao Sérgio Vaz, em 2023, com suas flores da batalha, e sua insistência em oferecer flores ao mundo é fantástica. Quer algo mais teimoso do que uma flor, que mesmo no meio do lixão ou do concreto, se levanta e oferece beleza a um mundo que muitas vezes se mostra indiferente a ela? Essa fase é a histórica, em que Sérgio não é mais somente um sonhador, ou um poeta, ou os dois. A fase histórica posiciona alguém como ele junto dos grandes leitores da alma humana; puxado por sua ligação com Victor Hugo, ele parte dos miseráveis, mas distribui, sem miséria — o que não é pouca coisa num mundo como esse.

Lá em 1924, Mário de Andrade, outro conterrâneo nosso, disse uma das suas mais belas frases: "nós temos que dar uma alma ao Brasil e para isso todo sacrifício é grandioso, é sublime. E nos dá felicidade."* Sinto que é isso que Sérgio nos devolve quando nos traz um novo punhado de flores que irão perfumar nosso cotidiano, flores plantadas pelas calçadas, pelos jardins, pelas vielas, pelos barracos, pelas pessoas e que, a cada vez que nos deparamos com elas, nos lembramos que podemos ser astronautas, cientistas, artistas, médicos etc.; no entanto, nossa primeira vocação (a que precisamos exercer melhor) é a de sermos seres humanos. Se seguirmos as flores que Sérgio Vaz nos oferece, é aonde chegaremos.

Emicida
é rapper, escritor, empresário, apresentador e pensador contemporâneo. Seu último álbum "AmarElo" (2019) ganhou o Grammy Latino na categoria Melhor Álbum de rock ou Música Alternativa em Língua Portuguesa. É autor de dois livros infantis: *Amoras* (2018) e *E foi assim que eu e a escuridão ficamos amigas* (2020).

---

* Trecho de carta de Mário de Andrade a Carlos Drummond de Andrade, 10 de novembro de 1924. [N.E.]

Confia no teu corre
e fica de boa.
Afia teu trampo
nas lâminas das incertezas,
todo mundo certo
não quer dizer
que você está errado.
Não ande com caranguejos
e sonhe com as mãos,
deixa o coração no presente
e os olhos no futuro.
Muitas vezes o sucesso fica no passado
e ser importante é para sempre.
Cuide da raiz e lapide as asas,
porque abaixo do radar também se voa.

Vassouras do tempo

Ninguém,
além do tempo,
sabe o nome daquele gari
que limpava a rua
sempre cantando uma música
e segurava a vassoura
como uma parceira
que domina o salão.
Um dia,
não sei se por amor
ou por inveja,
quando passava em frente
a uma padaria
um cliente de sorriso miúdo
ouviu sua canção e ficou indignado.
Uma voz linda
vinda de uma tão boca torta
e um rosto todo marcado,
resolveu perguntar:
"Varrendo a rua... de onde vem toda essa alegria?"

O bailarino
cheio de poeira nos olhos
em vez de olhar para ele
olhou para o tempo.
Quem já sofreu sabe,
é preciso aprender a reciclar a dor
e colocar um saco plástico
no lugar do coração
quando a vida nos esconde
pra debaixo do tapete.
Entender todo dia pela manhã
que limpar o lixo dos outros
é bem mais fácil que limpar o seu.
Até o cão sem dono sabe
que tempo é o senhor
de todas as respostas.
Mas tempo também é curto,
e assim com um sorriso
mais limpo entre os dentes,
ele respondeu:
"É que não estou varrendo a rua. Estou varrendo o passado."

Resistir ao lado das pessoas que a gente gosta
deixa a luta mais suave,
a gente não quebra, entorta.
As lágrimas ficam filtradas,
o suor mais doce e o sangue mais quente.
E sem que a gente perceba, percebendo,
as coisas começam a mudar à nossa volta.
E aquele sonho que parecia impossível,
acaba virando festa, enquanto a gente revolta.

Recado[1]

Executaram o menino
que morava na rua de baixo
com cinco tiros.
Um matou ele,
o outro a mãe,
o terceiro o pai,
o quarto o irmão.
O quinto
foi um recado,
e pegou de raspão
no bairro inteiro.

---

[1] Inspirado no texto "Mineirinho", de Clarice Lispector.

O velho príncipe

Quando menino, achava que o planeta se chamava Terra porque as ruas não tinham asfalto. Um lugar sem castelos, e o universo era grande porque havia a rua de cima e a rua de baixo.

A infância era um tempo em que o peito se enchia de estrelas e não havia escuridão em nossos olhos.

Os dias foram passando e, apesar dos pés pequenos, fui caminhando outras ruas, desbravando outros bairros, pisando outros chãos. E, por não aceitar que o mundo era pequeno, e ter um coração que nunca foi pobre, quando dei por mim já estava cheio de sonhos de mundo. Sonhos de humanidade.

Já viajei muitas vezes pra dentro, um lugar longe também, e muitas vezes não soube como voltar. Acho que depois que a gente cresce, fica pequeno.

Muito além de ser o pequeno príncipe, descobri que nenhum lugar ou distância é maior que o meu desejo de sonhar. Sonhos, quem tem sabe, são passagens só de ida.

Sou grato por onde pisei, onde piso, e a todos os lugares que um dia estarei, grandes ou pequenos, mas também aprendi que sagrados são meus pés. Porque descalços ou não, me ensinaram a caminhar.

Caminhando aprendi a fotografar com o coração, e, tudo que vi por onde andei, abracei com os olhos para que nenhuma lembrança se perdesse dos meus braços.

Quem nunca sonhou um dia ser Nau sem rumo?

Quando escrevo é como se andasse de trem, o último ônibus que nos leva pra casa depois do trabalho ou depois do último gole.

Liberdade é ir e saber voltar.

Muito além dos contos de fadas, quando volto para casa, me sinto um velho príncipe de lugar nenhum, apenas rei do meu destino.

E no meu reino cada um é responsável por aquilo que cultiva.

Eu cultivo sonhos.

Quando chovia no coração

Nas noites frias do passado
quando a garoa fina
engrossava nossas almas,
a gente que já tinha pouca casa
queimava a cerca dos quintais
e, em volta da solidão,
havia sempre uma fogueira úmida
assando o amargo da batata doce
enquanto a neblina nos desenhava.
Nas ruas sem asfalto
quando a noite era sem luz
cada teco de madeira que se tornava brasa
deixava os pregos mortos entre cinzas,
era menos uma cruz que a gente carregava.
Nesse tempo
em que havia fogo entre os olhos
e lama nos pés,

nos jardins que não tinham flores e
florescia espinhos de pólvora no ar,
como centelhas do tempo,
muitos de nós viraram cinzas
outras tantas, faíscas além da poesia,
viraram fumaça.

A novidade é que eu voltei a sorrir
(Samba da nova manhã)

A novidade é que voltei a sorrir
voltei a ter paz
a dor saiu de mim
em mim não cabe mais.
Fiz até um samba pra comemorar
cantei sem dó de sol a sol
mandei queimar o lençol
e botei a tristeza pra dançar.
Pode pedir a música que quiser
o meu cavaco não chora mais
porque falo da vida e não de mulher,
do passado triste que foi meu capataz.
De tanto a luta soprar
há fogo em meu peito
um riso honesto, ainda sem jeito
e a faca entre os dentes
para alegria escoltar.

A felicidade é interior
o sofrimento é capital
dei pressão no amor
e a depressão passa mal.
Bate na palma da mão
para expulsar a sina malsã
eu que apanhei como pandeiro
ando SORRINDO alto feito tantã
é poema de maloqueiro
é poesia de quem acende as manhãs.
Pode espalhar por aí...
A novidade é que voltei a sorrir
voltei a ter paz
a dor saiu de mim
em mim não cabe mais.

Se você quiser
que ninguém te encontre,
ou você mesmo não se encontrar,
caminhe dentro da multidão.
Ser mais um
em meio a tanta gente
torna a vida invisível.

Uva passa

Se tu se cobres
Com os cobres alheio
Teu coração é podre,
Quem é o miserável, afinal?
Se tu nobre
Que esfola o pobre
Tem medo do coldre,
Não entende o quê, afinal?
Se tu só uva passa
E não repassa,
Os passa fome te passa,
O que adianta, afinal?
Se tu tem terra,
E deixa entrar no quintal
Teu Deus te espera,
Tá com medo do quê, afinal?
Então,
Se tu poesia
Nós o poema,
Por que brigar, afinal?

Ame-se.
Se não gostarem,
foda-se.

Tem gente
que pode ler todos os livros
sobre malandragem
que nunca será malandro.
Tem algo nas ruas
que vai além da literatura.

Viver

Não há pessoas
maiores que as outras,
a diferença é que diante da vida
algumas se apequenam,
outras crescem.
E viver
é um mistério
em tal intensidade
que há pessoas que morrem
e ficam ainda maiores,
e outras vivem
como se não existissem.

Poesia

Poesia
é rio que corre
mesmo em água parada.
São redemoinhos
levantando a poeira da mente
que às vezes anda de lado.
Quem tem
os olhos sem asas,
no conforto do ninho,
nem percebe que
fazer tudo de novo
pode ser simplesmente abandonar
o passado.

A esperança de um povo
está na semente de fé
plantada nas manhãs de sol
e na coragem de amar.
Pois virão os frutos
e mesmo entre espinhos
dos invernos mais brutos
o Povo florescerá.

O que adianta
frequentar a igreja
se o Deus que você acredita
não frequenta
seu coração?

Não quero ser melhor
do que ninguém
quero ser melhor
do que sou.
Porque nada
me assusta mais
do que o medo de fracassar
como ser humano.

É preciso democratizar a palavra,
dessacralizar a literatura.
Sagrado não é quem escreve,
sagrado é quem lê.

Descobrir-se sozinho
e estar bem-acompanhado.
Esta é a meta.

Afogados

Num país onde quase ninguém lê, escrever é quase um sacerdócio.

Ao contrário do que muitos pensam, ser poeta não é um privilégio, é um castigo.

Porque escrever dói, arranca pedaços e deixa marcas profundas no coração.

Muitas vezes ele desce até o inferno para que o leitor suba ao céu e leia sua dor como se fosse dor alheia. É a magia das palavras.

Escrever é sangrar um pouco todo dia na presença de testemunhas que assistem a tudo, mas não podem fazer nada.

E de tão trágicos, os poetas mergulham em poças de letras feito quem se afoga no fundo do mar.

É quando o poema prende a respiração para que outra pessoa possa respirar.

Batalhas

Na luta diária pela felicidade
que nunca vem,
a ferrugem do cotidiano
adormece nossa navalha.

Para quem ainda não sabe,
em manhãs cinzas
e nas noites sem estrelas,
dentro dos ônibus,
pendurado nos trens
ou doze horas em cima de uma moto
(onde nunca é feriado),
também se travam
grandes batalhas.

Tem gente à venda na vida
que nem desconfia a venda
nos olhos.

Tempo ruim

Quando o tempo fica ruim
a chuva que tem dentro da gente
deixa os dias secos
e os olhos afogados.
Uma enxurrada
de mágoa e lama
alaga o coração.
O peito
sempre área de risco
desaba soterrando lembranças
que se escoram em fotografias.
E você garoa pela noite
à procura de abrigo nas marquises
porque ninguém salva
um coração em tempestade.
A solidão
é a única que estende a mão.

Onde nos vimos pela última vez

Ontem te vi passando do outro lado da rua
flutuando pelas calçadas com aquele sorriso
que um dia alegrou meu coração
e senti inveja da tua felicidade.
Pensei em parar pra te pedir um abraço,
mas aí lembrei que se você estava tão feliz
é porque já não chorava mais ao meu lado.
De longe pude ouvir o barulho do teu coração
como uma canção que um dia nos embalou.
Pensei em parar e te convidar pra dançar,
mas aí uma lembrança estendeu a mão,
é que se voltou a cantar
é porque estava surda para velhas canções.
Enquanto você andava
notei que o sol se esfregava em tua pele
e senti ciúmes porque um dia fui seu cobertor.
Queria soprar teu peito em brasa
e lembrei que se havia brilho em teus olhos
é porque tinha esquecido minha escuridão.

De passos simples
notei que caminhava sem mágoa nem sofrimento,
leve como quem acaba de acordar.
Pensei em te chamar pra te pedir perdão,
mas resumi que se andava tão feliz
é porque já havia me perdoado.
E ainda menor do que sempre fui,
te vi sem mim,
e senti inveja da tua liberdade.

Se todo mundo gosta de você, então é você que não se gosta.

Poesia concreta

Concretaram tudo,
as calçadas
as ruas
a paz
o amor.
É tudo pálido e cinza
onde cabia
beleza em nossos olhos.
Dizem por aí
que ainda há flores
nos corações dos loucos.
Falta pouco,
mas ainda não asfaltaram a utopia.

Fake News

É mentira que a gente não sabe amar.
Não ama porque não quer, mas a gente sabe.
É mentira quando alguém segue uma religião, e não pratica a humanidade.
É mentira que a gente não gosta de universidade, que a gente não gosta de segurança e que sempre ficamos do lado dos bandidos pobres e que eles ficam todos do lado dos bandidos ricos.
Não acredite que, quem não estuda, vira ladrão. Já que o país é desigual justamente por conta dos ladrões que estudaram demais.
É mentira que um bairro é melhor que o outro, e que a rua que você mora é mais legal. Foi esse tipo de mentira que contaram para os Tutsis e Hutus em Ruanda.
É mentira quando dizem que não há preconceito racial, social, facial e linguístico. E que somos um país cordial.
Não é verdade que as mulheres gostam de homens que não trabalham e que gostam de apanhar.
E que cadeia é que nem coração de mãe. É mentira que onde cabe um cabem dez.

É mentira que nós somos os feios, sujos e malvados que um dia Ettore Scola filmou.

É mentira que os anjos são brancos e o demônio é negro, que a paz é branca e que tem gente com o sangue azul.

É verdade que ninguém gosta de favela. Principalmente quem mora lá. Conversa fiada. Mentira do tamanho de uma mansão.

É mentira que nós somos todos iguais, e quando mais cedo a gente descobrir, mais cedo iremos acordar pra diminuir essas diferenças.

É mentira que rico sofre e pobre que é feliz. Pobre ri pra não enlouquecer.

É mentira que, apesar de tudo e de todos, a gente não gosta de poesia.

Que não temos sonhos.

Não é verdade que ser humano é ser otário.

Tem gente à venda na vida que nem desconfia a venda nos olhos.

Viver dói, não viver dói mais. Isso é a mais pura verdade.

Faz teu corre,
bota tudo que é no que faz
e se joga no que acredita.
Não confie no tempo
os dias são canalhas,
eles te enchem de beijos
sussurram nos ouvidos
promessas de futuro,
depois te abandonam no passado.
Lute agora
enquanto os olhos brilham
e sonhe com as mãos,
pois seja qual for o resultado,
vai ter que viver com o acontecido.
E é bem melhor conviver
com as cicatrizes da batalha
do que com a vergonha
de ter fugido.

Custa caro
andar com gente
que não vale nada.
Economize coração,
amizade que tem preço,
não tem valor.

Tempos modernos

Trabalha a dor
que o desemprego
pode até ser a fábrica
da oportunidade.
São tempos modernos
em que ser livre
é a engrenagem da felicidade.
Viver já dá muito trabalho
e hora extra me cansa, sou breve
se não for pra sorrir
eu faço greve.

Teimosia

Não adianta
quebrarem minhas pernas,
furar meus olhos
ou falar pelas costas.
O que sustenta meu corpo
são as minhas ideias.
Braços descruzados,
tenho um cérebro com asas
e sou todo coração.
Se me proibirem de andar sobre a água,
nado sobre a terra.

Viver dói,
mas acho um privilégio
estar vivo.
Por isso sou grato.

O que me faz feliz
deixa muita gente triste:
Voar sem asas
com os pés na raiz
e recusar gaiola com alpiste.

Humanidade

O bom de não ter nenhuma religião
é que você pode buscar ensinamentos
em todas elas. Indiscriminadamente.
Em sua essência todas falam
de amor, paz e solidariedade...
Princípios básicos para quem busca o céu,
enfrentando os infernos da terra,
a humanidade pode seguir sem religião,
mas a religião não pode seguir
sem humanidade.

Deseje para você
o que você deseja
para as outras pessoas,
e vai descobrir
quem você é.

Não me cobrem religião,
não sei de nada.
Só sei que ando com o povo,
o povo que Jesus andava.

A vida constantemente
nos ensina que viver
é redesenhar rascunhos,
abrir o peito e fechar os punhos.
E que entre o riso
e o silêncio profundo,
quando a gente contempla
qualquer tipo de arte,
não está somente vendo
as cicatrizes do artista,
mas lambendo
as feridas do mundo.

Ensina-me a viver

Quando abro um livro de poemas
não quero saber sobre a morte,
quero aprender a ressuscitar.
Pouco me importa como se penteia o cabelo,
estou de olho no furacão
de como o vento faz pra despentear.
Quando se lê poesia
ouve-se a voz do poeta:
"Ensina-me a viver que te ensino a sonhar."

Eu vi vencedores nos olhos de muitos derrotados.
Dignidade é tudo.

Geografia da dor

A fome sabe
onde o pobre mora,
e a felicidade não sabe andar
nos becos e vielas.
A Geografia da dor
registra no mapa
gente viva
com a barriga morta.
O arroz e o feijão
alegam não ter nada a ver com isso.
Quem se importa?
No vazio do garfo e da faca,
o tempero da revolta.

A fama das ruas

Esses dias estava subindo a rampa de um supermercado nas quebradas de Taboão da Serra e tinha um moleque, devia ter uns 12 anos, entregando panfleto de propaganda de uma ótica.

Enquanto eu subia ele ficava olhando pra mim com um sorriso meio maroto, e eu já tinha pensado que a cara simpática dele era uma tática para eu não recusar a propaganda.

Quando cheguei perto ele estendeu o papel e me disse:

— Obrigado, Sérgio Vaz.

— Você me conhece, moleque, de onde?

— Você é poeta.

— E como você sabe que sou poeta, já leu meu livro? — E ri, um riso de poeta agradecido pelo momento.

— Você já foi na minha escola, e eu estava lá no dia que você falou uns poemas.

— Que daora. Você gostou?

— Acho que sim.

— Foi um prazer falar com você.

Despedi dele já me sentindo o Pablo Neruda.
— Obrigado por pegar o panfleto.
— Obrigado por devolver meu coração.
Adoro recitar poesias nas escolas.

Há uma diferença
entre o deficiente visual
e aquele que não quer ver.
O deficiente visual fica grato
quando você o ajuda a olhar.
O que não quer ver
fica bravo se você lhe mostra
aquilo que ele não consegue
enxergar.

Lealdade,
respeito e gratidão.
Entendeu isso
compreendeu tudo.

Se todo mundo
que fala que é, fosse.
O mundo não estaria
nessa fossa.

Espelho partido

Estava me procurando
e acabei encontrando
um monte de gente
no meu lugar.
Comecei a limpar
o quintal da mente
e o ego estava lá —
falso, como o vidro
se achando diamante —,
mais flor do que semente
um espinho
querendo me picar.
Nu dos outros
estava eu, surpreso
no espelho refletido
como se nunca tivesse me visto
ocupando meu lugar.

Quem não enxerga
o ser humano,
como pode ouvir
a voz de Deus?

Filosofia de vida

A verdade é que não sei
se a vida é uma passagem só de ida
ou se é tudo mentira que tem volta.
A culpa não é minha
tenho perguntas
e me devem respostas.
Se o bem e o mal
disputam minha alma ferida
meu corpo se revolta.
O peito sempre de asas abertas,
o coração não tem segredo,
todo mundo entra, todo mundo sai,
(in) felizmente nunca foi caixa-forte.
Eu que não sei nada
aprendi com a vida sofrida
que o melhor de viver,
é não ter medo da morte
e que dá azar
esperar pela sorte.

Mar profundo

Foi chorando por dentro
em silêncio,
e ninguém viu
seu coração se afogando.
Na imensidão do mar da vida
tem sempre uma mão estendida
sem saber nadar.
Olhos rasos,
a gente não vê,
mas tem gente
que implora ajuda
pelo olhar.

Jorge Ben

Olha para o céu
e veja BEN com o coração,
ao redor da lua de JORGE
entre a corda e acordes
nuvens germinam estrelas
na alquimia de uma canção.
E como a vida
passa numa velocidade alucinante
é preciso ver com os olhos de enxergar.
Tirar a casca de nós
que o universo não cabe num verso
e que nunca estivemos sós.

Sou candidato por um dia
à presidência da república
pelo PAPO, partido da Poesia.
Não prometo nada
além da utopia.

Queria
escrever um poema
sobre dias livres,
mas são tempos difíceis para a liberdade...

Até quem luta por ela
quer ser dono de alguém.

Foi pensando que era grande
que me descobri cada vez menor.
Como é difícil crescer por fora
sem se apequenar por dentro.

Curva de rio

Venho de onde
o vento faz a curva
e a poeira ensina a dançar.
Caminhos tortos
e ruas sem setas
fizeram silêncio
no meu caminhar.
Por isso o destino
não ouviu o meu grito
e ficou surpreso ao me
encontrar.

5318

Na minha infância e adolescência os bairros Jardim Guarujá e o Chácara Santana eram um bairro só.

Na infância éramos todos unidos pela Escola Bacharel Mario Moura e Albuquerque, que era o nosso quintal. Um lugar onde fiz amigos e amigas de raízes profundas. Bailes, amores, primeiro beijo... um mundo à parte. Lá a vida doía menos.

E durante muito tempo a quadra da escola (única no bairro) serviu para vários campeonatos de Futebol de Salão, e, se não me engano, o Guarujá, time que eu jogava, foi campeão umas 3 vezes.

Durante muitos domingos passei a parte da manhã jogando bola com a rapaziada do Guarujá, Chácara e Jardim Klein. Tempos áureos do futebol de salão na quebrada.

O Jardim Guarujá sempre foi um bairro diferente, já naquela época, alguns moradores mais antigos já faziam quermesses, festas, corridas, eventos culturais, e tinham uma participação efetiva nas melhorias do bairro etc... Nossos Griôs.

É também no Guarujá que ficava o campo de várzea mais charmoso do Brasil, o Buracanã.

É também berço do Samba (mesa redonda), do Aliados, do sertanejo, da black music da rua de lazer; na rua 11, da poesia. Lembro dos bailes na laje da casa do Paulão, lá na Amiens, os bailes do Cuca.

O ônibus Chácara Santana 5318 era o que nos ligava ao centro, e só depois de muito tempo nós descobrimos que o centro era onde nós estávamos.

Quantos amigos, quantas amigas...

Alguém lembra quando nós fizemos uma quadra de vôlei no terreno da sede?

Sonhávamos com as mãos.

Não quis contar as histórias desses dois grandes bairros irmãos, não tive essa pretensão, só me bateu uma saudade, e quis remoer essas lembranças...

Sorriso em flúor

Venho de um lugar de gengiva frágil,
onde os dias passam
com flúor,
que é anestesia pro real.
Incisivo,
apesar da boca torta,
obturei sonhos onde
quase todos os dentes
ficaram falsos.
E entre pontes e canais
que atravessam o céu da boca
nenhuma cárie foi tão grande
a ponto de impedir
meu sorriso verdadeiro
por falta de creme dental.

No silêncio das ruas

Quem sabe agora
nós que sempre fomos
surdos para o barulho do martelo,
privados da nossa suposta liberdade,
entenderemos, enfim,
o valor de um banho de sol,
e que ser inocente, não basta.
Quando a noite cai,
a vida que escorre longe dos nossos olhos
e abraços
feito as estrelas que brilham no céu,
mas não existem,
possamos ouvir os gritos dos desesperados.
E se até hoje não ouvimos o dos outros,
quem ouvirá os nossos?
E pra quem gosta de bancar ser Deus
julgando a vida alheia,
a oportunidade é essa,
está cheio de gente implorando milagres.

Hipocrisia:
Gente que não faz,
querendo ensinar quem faz,
como tem que fazer.

Hipocrisia:
um Deus na boca
e um demônio no coração.

O que está acontecendo, Marvin?[2]

Marvin, Marvin,
ainda escuto sua voz
querendo saber o que está acontecendo,
e até hoje ainda não tenho respostas,
e as perguntas me sufocam
feito dia sem pão.
Olho para as ruas
e vejo as pessoas tristes
com enormes sorrisos
que não riem de nada,
nem pra ninguém.
Irmãos e irmãs
morando de aluguel nas calçadas frias
tendo apenas o corpo como casa própria
e enquanto as vitrines exibem
a moda da nova estação

---

[2] Inspirado na música "What's Going On", de Marvin Gaye, do álbum homônimo lançado em 21 de maio de 1971.

manequins de pouca carne e muito osso
desfilam como sombras
nas avenidas deselegantes
onde todo mundo quer ser visto,
mas ninguém enxerga nada.
Marvin, Marvin,
as mães continuam chorando
e seus filhos continuam morrendo,
pois agora há um Vietnã em cada esquina
e uma terceira guerra está ocorrendo
há 500 anos dentro do país,
e nós somos os inimigos.
Não me pergunte por quê,
mas tem gente cheia de amor ao ódio,
e os deuses já não multiplicam os pães,
e enquanto roubam nossa voz,
eles ainda nos subtraem os peixes.
Marvin, Marvin,
o que está acontecendo
(não com eles),
mas com a gente?
Quem vai falar com as crianças
e com os jovens,
já que ficamos tão adultos?
Quem vai falar com os que não escutam,
já que ficamos tão inteligentes,
e nem nós entendemos o que falamos?
Quem vai falar de irmandade
para os que se sentem abandonados,
já que somos todos agora órfãos de amigos?
Marvin, Marvin,
descanse em paz,

pois, no fundo no fundo,
todos sabemos o que está acontecendo,
só não temos força pra mudar.
Até quando?

Espinhos

Os espinhos da rosa
são para nos lembrar
que a beleza é frágil
e água de choro
afoga a flor.
Limpa teus olhos
com o suor
que rega a sua vida,
nós que vivemos a mil
as curvas são sempre mais perigosas.
Finca teus pés na terra
que o jardim está dentro
e voa pra longe das arapucas.
Flores mortas, sepulta!
Pois é inverno em plena primavera
e nem tudo é verso e prosa.
Gira teu sol,
semente que não vinga
é achar que a vida dos outros
é que é maravilhosa.

Sobre Sanchos e Quixotes

Quando era jovem, e isso já faz muito tempo,
me achava esquisito por gostar de livros.
Achava que tinha um defeito de fabricação.
Depois que li *Dom Quixote* de Miguel de Cervantes
descobri que era um sonhador e não tinha problema
algum. Quem tinha um problema era o mundo.
E se o mundo tinha um problema, o problema não era meu.
As palavras me mantiveram esquisito, mas agora sei porque
                                      [nunca me encaixei.
Foi quando a vida começou a fazer sentido pra mim.
Um bom livro às vezes dói, mas pode ser um
bom remédio para as doenças da alma.

Bilhete

Escutei teu silêncio
quando a vida fazia barulho
e na desordem dos travesseiros
suas curvas já davam pistas
que meus braços derrapavam
em suas mãos.
Talvez você não lembre,
porém nunca esqueci
que já estava sozinho
quando disse que havia
se encontrado.
Ouvi por bocas que já te beijaram
que sozinha você tinha virado multidão
e que a minha companhia
era o corpo da tua solidão.
Eu não vi
porque não enxergava,
mas tinha um bilhete escrito
nos teus olhos:
coração que parte
não volta mais.

Modernidade líquida

Ninguém te liga
você não liga pra ninguém.
Está todo mundo On,
mas nem todo mundo está ligado.

Cicatrizes

Enxugando lágrimas
o coração foi ficando seco
escorrendo suor
e o rosto longe do lenço
deixa os olhos atentos.

Derramar sangue
na veia alheia
deixa o corpo tenso.

Mil vezes acham que te mataram
que você sofre, e já nem morre mais,
nem por fora nem por dentro.

Cicatrizes no peito
são feridas de vento
elas vão e vem, silêncio.

Respira, segue em frente
a dor é só um desmaio,
não é falecimento.

Insônia

Quando criança
tinha medo de dormir
com medo dos pesadelos
que se alimentam da solidão.
Depois cresci
ouvindo as pessoas
dizerem que acordado
não poderia sonhar.
Roubaram meu sono
sequestraram meus sonhos
e ainda me acusam do crime
de escrever poemas pra me vingar do passado.

Ventania

A felicidade
mandando busca
e a vida passando o cerol
na nossa linha do tempo.
Sonhos
enroscados nos fios
e a gente disbicando pipas,
empinando os dias sem vento
à procura de um céu
para poder voar.

Heroína

Quando você experimenta
vicia na hora
uma sensação infinita de prazer
que entorpece a alma.
Ela entra na veia
e todo seu sangue
bombeia o coração.
Quantas vezes te salva
da solidão e faz sorrir
nos dias que não tem graça?
É quem te dá a brisa
que o leite derramado coalha
e te estica o braço
quando você quer jogar a tolha.
Ela tece tuas asas
e você voa, voa e voa
e se anjo caído comete deslizes
ela é má e te ensaboa,
mas costura tuas cicatrizes.

Quem tem,
use sem moderação,
porque na vida tudo virá pó
menos o amor de mãe.
Quem não tem mais
sabe a dor da abstinência.

O Brasil
perde na copa
e na cozinha,
porque os poucos
que erguem a taça
jogam fora das
quatro linhas.

Ter dívida
não é a mesma coisa
que ter gratidão.
Dívida você paga
com o bolso no prazo
combinado.
Gratidão é uma dívida
que não vence nunca
porque você paga com o coração.

A cabeça cheia de nada
não entende a revolta
da panela vazia de tudo.

Coração de criança não morre

Ontem
a criança que fui, triste e abandonada,
depois de muito tempo andou de mãos dadas comigo,
e entre risos e lágrimas me deu um abraço.
Ali de rosto colado
à mercê de lembranças e saudades
(quem sabe a diferença sabe que saudade dói
e a lembrança cabe na fotografia),
ela me disse que estava feliz pelo adulto que sou
e que não havia mais motivo
para chorar pela solidão do passado.
Despediu-se soltando meus braços
feito quem acaba de ensinar alguém a nadar,
ou segurando na mão de alguém para não se afogar.
Falou que ia embora, mas ia ficar para sempre
brincando no parquinho do meu coração.
Saiu driblando as nuvens nos campinhos de terra
da memória e antes de sumir olhou para trás e me disse:

— Estou feliz porque você agora é meu amigo, e deixou de
[querer ser meu pai.
E como quem sorri pela primeira vez vivendo um presente
[que demorou pra chegar por conta do passado, olhei para
[o futuro
sabendo que, a hora que quiser, posso ser criança outra vez.
Só que feliz.

Um inferno chamado Brasil

Não sei por que algumas pessoas estão estranhando esses dias em que o país marcha para trás, e pega fogo, literalmente.

Em que todos nós estamos com o dedo na cara um do outro, enquanto os outros, os de sempre, metem a mão no pouco que nos resta de dignidade.

Porém, uma coisa sempre esteve clara, nós, os pobres, negros, índios, mulheres, gays e nordestinos, não somos bem-vindos neste país, a não ser que aceitemos as migalhas de sempre.

A menos que aceitemos a escravidão disfarçada de salário mínimo. Ou de salário nenhum.

Tem gente que acha que cantamos ou fazemos poesia porque estamos felizes, satisfeitos com tudo. Na verdade, da nossa música, do poema, da nossa dança, sai o lamento, o chamado pra luta. Por isso muita gente estranha o refrão.

Tem gente que se cala, descansa na neutralidade, mas a história não é muda, um dia ela conta quem não perdeu a fala.

Desde sempre ouço dizer que tínhamos que combater o sistema que ninguém sabia quem era, o que era, e pra que servia. Mas sob uma luz sombria, e sem vergonha de ser o que é, eis que o Brasil mostra novamente sua face mais sinistra e covarde: ódio à sua própria gente. Essa mesma gente que acorda cedo para adorar um Deus chamado trabalho, e que de tanta sede pra ser feliz bebe o próprio suor. A água benta pra suportar o céu que nunca vem.

E falando nisso, se Jesus estiver me ouvindo, queria dizer que "Amai-vos uns aos outros!" e "Amai o próximo como a ti mesmo" agora é coisa do Demônio. E as crianças que não venham, elas viraram a escória do mundo, conforme as profecias dos novos profetas.

Estão queimando a Amazônia, o Pantanal, enquanto queimamos em silêncio a coragem de lutar contra tudo isso.

O inferno somos nós.

Vida dura

Li todas as pessoas
que passaram diante
dos meus olhos
feito um livro que nunca termina
em final feliz uma vida inteira.

Deixei
cada pedaço do meu coração
em páginas que não foram lidas
e sequer folheadas por mãos
que abandonam a tragédia
da vida alheia.

Gente anônima que traz
no rosto a poesia da vida dura,
um clássico em páginas de uma vida
verdadeira.

Faz muito tempo
que estou acordado.
E vendo tanta gente dormindo
com os olhos abertos,
entendo o pesadelo
que a gente vive.

Flores da batalha

O vento leva
o que leva a vida:
amor e dor.

O tempo passa
e refaz o tempo,
cicatriza a ferida.

Por dentro
você trava a luta
que ninguém vê.

Cada dia
a noite
rasga o peito
como uma navalha.

Chorar
mancha de sangue a carne
e sorrir
o rosto estraçalha.

Insista,
viver é luta constante,
e a alma não pode estar presa ao corpo
cumprindo pena,
sob o olhar da muralha.

E enquanto a felicidade não vem,
aprecie as flores da batalha.

Mundo perfeito

A vida quis assim
eu de outro jeito.

Tem um mundo
diante dos meus olhos
que não se encaixa
em meu peito.

A gaiola protege
os inocentes
e ser livre é ser suspeito.

Fazer o quê,
quando o certo
parece errado
pra quem acha
que o mundo é perfeito?

Cacos de vida

Trago letras perdidas
que caem do copo de lágrimas
com gotas de sangue
e cacos de risos
que se espalham pelo chão.
E se você varre
o poema com teus olhos,
as sobras das palavras
limpam meu corpo
enquanto sujam tua fala.
Quando faltar abecedário
e saliva incendiária
põe fogo no seu dia
um olhar diz coisas
que não estão no dicionário.
No alfabeto da vida
quando o cérebro gagueja,
é o coração quem diz:

os pés andam pra frente
e as pegadas é que ficam pra trás.
E se o corpo cansa,
você não dança, fingindo paz
escuta teu choro na solidão,
é a alma pedindo mais.

Silêncios

O que tiver
que ser dito, diga.

Senão vai ter
que escutar
o que não disse
pelo resto da sua vida.

A palavra que não foi,
atormenta quando fica.

Se você
não enfrenta
tuas sombras na escuridão
elas te assombram
na luz.

Benza
a poesia
com teus olhos.

Mau olhado,
os livros
estão precisando
da reza do teu olhar.

Apatia

Na guerra
dos simpáticos
contra os antipáticos
os apáticos não correm perigo.
Eles não lutam,
não sangram, não morrem,
mas também não vivem.

Reencontro

Na noite fria sem estrelas
sozinho na cama deserta
a lembrança abraçou meu travesseiro
quando minha seta
encontrava sua bússola.
Nós dois perdidos
bebia tua saliva
com duas pedras de gelo
sua pele era a minha coberta
e a fumaça riscava
nosso romance no ar.
Tira a ferrugem do beijo
afia teus lábios entre os dentes
se tua carne na minha navalha
o futuro te dou de presente.
Dói quando lembro que fui teu inverno,
que levei garoa para os teus olhos
e fiz chover no teu coração.

Guarda-chuva, mas não guarde mágoa
perdoa, errei, pensei que era vinho
o copo que te ofereci com água.
Volta
que te ofereço um buquê
com tuas pétalas preferidas
espinho bem duro
para escrever meu nome na tua pele
e tatuar o seu, na minha vida.

Brasil com b

O Brasil com b
é que está destruindo
nossos lares.
A casa está caindo
e todo dia
um direito nosso vai
para o paredão.
Segue nosso sangue
condensado na calçada...
E enquanto o circo
subtrai o nosso pão,
cega, a massa
se alimenta de migalhas.

Drummond,
há pedras demais em nossos caminhos
há pedras demais em nossos corações.
Viver dói. O resto é Poesia.

Nós que andamos
pelas ruas mal iluminadas
somos brilhos de vela
que acendemos nossa luz,
que primeiro ilumina a gente,
mas depois acende uma janela.

No papel
escrevo tudo que penso e sinto,
mas é no coração
que tudo está escrito.
No olhar,
fica o que não foi dito.

O que é poesia?

No mais, na vida tudo se aprende observando as páginas de dentro e fora da gente.

Um dia, há muito tempo, um cara que andava distante da literatura me falou que ia sair fora porque o clima estava pesado.

De leve, olhei em volta, e era apenas um dia comum de sol, em que a preguiça da tarde se escrevia na paisagem.

Antes que ele se fosse, ainda cego, lhe perguntei:

— Como você sabe disso?

— Você não está vendo?

— Não.

— Como você quer escrever poesia se não está vendo o que não pode ser visto?

Não sei se ele me deu uma aula de poesia, porém nunca mais meus olhos foram os mesmos.

Apesar de gostar nunca soube o que é poesia, mas desconfio que ela está nos olhos de quem lê o que vive, ainda que nem saiba escrever.

E de quem escreve pra viver, mesmo sabendo que ninguém vai ler.

Gosto no presente
de encontrar bem
as pessoas que no passado
eram consideradas
sem futuro.

Água de rua

Quando a vida
descansa num breve instante
na fotografia da labuta
um homem que está no vermelho
vende água gelada para matar a sede
de quem está no carro
a caminho da rotina sem freio.

Amarelo de fome,
o homem suando em bicas
não entende por que tem que pagar esta multa,
e cumpre pena em plena liberdade.

A boca seca,
o coração profundo
e segue no meio fio, na luta
aguardando o sinal verde
para matar a própria sede
enquanto bebe o próprio suor
na taça desta vida que nos insulta.

Distâncias
não são só caminhos para ficar
longe das pessoas.
São também atalhos
para aproximar de si mesmo.

Sabedoria de vida

Quem tem conhecimento
às vezes não sabe o que é sabedoria
ou não tem entendimento.
Um olhar diz palavras
que não estão no dicionário
uma gota de sangue ou de suor
ensina todo abecedário.
Um peito cheio de lágrimas
escorre nas mãos vazias
navega nas cicatrizes do tempo
com areia nos olhos
entre a dor e a folia,
mas não cai no esquecimento.
Na fúria do mar
aperta a fivela
se as estrelas parecem vazias
acenda tua vela
e deixa a noite chegar.

Ouça o canto que vem da galés:
aprenda a sofrer
que te ensino a sonhar.

As tempestades,
rasgam o céu
temperam a carne
de açúcar e de sal
fogo e carvão.

Olhos afogados
ensinam a remar
e a raiva anuncia
com voz de trovão:

sorrir contra o vento
também é pedagogia.

Fique atento
às vezes quem sabe menos
é uma grande lição.

Há pessoas que se especializaram
em falar sobre mudança, e que
não mudam nada.
E há aquelas que parecem não saber
o que estão fazendo, mas fazem.
E mudam muita coisa.

Café amargo

A tia do café
serve coado
o sal da vida
enquanto adoça
a vida alheia
com açúcar refinado.

Seu nome
é mais frágil que
copo descartável,
por isso ninguém sabe
pronunciar.

Só,
cheia de insônia e azia,
ela vira pó
quando a xícara esvazia.

Lâminas

Um poema
é aquilo que o poeta
quer dizer num grito
e muitas vezes a gente
não quer ouvir
em silêncio.
Ninguém
tem medo da poesia,
mas do conflito
que ela provoca.
Muitas vezes,
sem que você perceba,
a palavra que te acalma
é a faca que estoca
o seu peito
e o sangue não escorre
na calçada.
Um verso

estende a mão
para que você não morra afogado,
e também te empurra
para os abismos da alma.
Tem coisas
que são escritas
com giz colorido
para lembrar as pessoas,
que o lápis preto
escreve páginas em branco,
e que nem tudo
é verde e amarelo.

Votar
também é fazer justiça
com as próprias mãos.

Nós

A literatura
pode vir do nó da madeira
ou do bloco de cimento,
se ela desce do pedestal
tem o poder de nos fazer entender
quem são os outros,
e o melhor de tudo,
quem nós somos
e quem são os nós.
Ser a palavra de pedra
com a mesma voz do diamante
que vem do cascalho,
atrai quem late, quem se encaixa
e desconhece o valor do conhecimento.
Porque ler a vida
(vírgulas, reticências e ponto-final)
nas páginas do tempo que é capa dura
e despertar para a sabedoria

de viver o que a gente é, e quer ser,
é um grande romance escrito com o coração.
Se tudo isso cabe na leitura,
a gente lê, fazendo amor com os olhos
e se beija com o livro na mão.

Para um poeta,
ganhar na loteria
é escrever sozinho
um poema que caiba
na voz da multidão.

Velho normal

Quem não vê as cordas
dança com os pés no lamaçal
e se afoga num raso profundo
cuspindo o bem engolindo o mal.
A língua suja de sangue
fala em cantar diferente,
mas tem algo no ritmo
do swing atual
que faz todo mundo cantar afinado
que o nosso DNA é que é criminal.

Esse som é velho na boca do povo:
quem paga a banda pede a música
e a gente morre no final.

Se liga no refrão
e descansa o celular
no normal com cara de novo
nos servem pão com ovo
com cara de caviar.

Saudade
é pra sempre
um tempo
que já foi um dia.
Dói
porque eternidade
não cabe na fotografia.

Face é bom,
Mas book é melhor ainda.

Acho que a gente
Perdeu a voz
E o novo dia não canta
Porque é tanto Eu
Que os Nós
Não desatam na garganta.

Mar revolto

Nós que queremos ser tanta gente
procurando atalhos na vida alheia
nos vemos líquidos perdidos,
sólidos no caminho da multidão.
Por falta de luz própria
e a solidão como companheira
acabamos fartos de nós mesmos.
Comemos sem fome,
rimos sem graça,
enxugamos as lágrimas
com aquilo que nos consome
com o sumo vazio
que mata o que somos.
E a vida que se liquefaz
efêmera como as redes sociais
pede abraços com braços
beijo com boca
e sangue no coração.

O tempo
é professor da dor
e ensina com o giz da escuridão
que estar vivo dói,
mas não estar, dói mais ainda.
Entre mares revoltos,
no vai e vem das ondas,
sem rumo, sem remo,
é que se aprende a navegar.

Sabedoria popular

Contempla o simples
para enxergar:
há pessoas no meio do povo
que pela roupa
aparentam que não aprenderam nada,
mas pelo olhar se vê
que entenderam tudo.
Enquanto outras,
pela boca,
arrotam que sabem tudo,
mas os gestos demostram
que não aprenderam nada.

Sabedoria popular

A Tartaruga encantada

Nunca houve um tempo em mim que quisesse ser príncipe herdeiro de algum reino, ou de possuir castelos com talheres famintos de cristais, masmorras e calabouços para princesas e bruxos sem magia.

Dormindo durante muito tempo no chão frio, ou no sofá da sala, a tartaruga era o bicho mais encantado que havia no meu bairro. Ela era a única com seu próprio quarto.

Nesse tempo sem fada-madrinha e que toda maçã parecia envenenada, desgraçadamente, somente um bicho tinha casa própria pra morar.

E assim, como num passe de mágica, muitos de nós foram infelizes para sempre.

Amor só de mãe

Silêncio nas ruas
mais um corpo
se despede da alma.
E nas esquinas mal iluminadas
só se ouve o choro das mães,
que limpam o rosto com as mãos calejadas.
Ainda ninguém sabe
ninguém viu
se foi de oito
ou se foi de fuzil.
Gritos de dor
e estampidos traçam a noite,
mas ninguém ouviu.
Mataram o mano,
não um mano qualquer,
mais humano do Brasil.

No peito a tatuagem
pintada em sangue e pólvora:
amor só de mãe.

Salve pátria madrasta
chamada Brasil.

Quando a noite cai

Deixa a noite cair
te conto segredos da madrugada
pelos becos grito seu nome
num gemido tiro sua roupa
você veste o meu coração

Canto um soul pras estrelas
você só dança na minha cama
rói o meu osso quando me beija
derramo o suor na sua pele
sou o fogo na sua chama.

Coloco o mastro na sua vela
navego à meia luz do seu quarto
quando você tira seu vestido
fico nu pra você vestir meu coração.

Despedida

Estava em ti vazio
você perdida de mim
e nesses encontros
e desencontros
nos perdemos nós dois.

Tudo que era caminho antes
foi se tornando deserto depois
fomos construindo pontes
que viraram muros entre nós dois.

Os beijos viraram insultos
quando os braços eram exílio
nossos corpos meros vultos
onde era lar virou domicílio.

Sussurros foram virando palavras
cuspidas como praga diária
do vulcão dos dias só sobrou a lava
não era liberdade, era penitenciária.

Do fundo do poço
te mando um recado
sei que hoje sou estrangeiro
mas se soubesse prever o futuro
mesmo assim teria vivido ao teu lado.

O ódio que você semeia

O ódio
que você semeia
é o sentimento
dos espíritos que anunciam luz
com o coração cheio de trevas,
e que vivem de assombrar
corações alheios.
É a religião
dos que não rezam por amor,
e seus seguidores
só encontram céu
se o próximo viver no inferno.
É a arma dos fracos
que se acham fortes,
que atiram em nós que não somos alvo
e nos ferem, nos matam,
porque já está morto o seu coração.

Sabemos sobre viver
por isso a gente sua,
sangra e chora,
mas não desiste de sonhar com as mãos.
Guarda teu riso
de covarde sem glória
porque a luta ressuscita todo dia
em nossos corações.

Despedida II

Falei baixo com a boca
e gritei pelos olhos,
mas você não ouviu
nada do que eu disse.

Se não fiz barulho
nos teus ouvidos
com o tempo
você fez silêncio
em meu coração.

Tem coisas
que a gente diz,
mas somos nós
que precisamos ouvir.

Do nó do pescoço
Ao fundo do poço,
Este país nunca foi nosso
Sempre foi osso.

Anatomia da saudade

Desata o nó da garganta,
amigos não vão.
Escorrem entre os dedos,
mas não largam nossas mãos.
É que às vezes,
nem todo braço é laço
a gente pensa que
todo colega é irmão.
O perdão não morde a língua,
desopila o fígado e relaxa o peito,
é só saudade das pessoas
que não estão diante
dos nossos olhos,
mas estão guardadas
em nossos corações.

Areia nos olhos

Espumo pela boca quando falo
porque há mares em mim
que se revoltam quando calo.
Nas ondas
que vão e vêm
não embalo o canto da sereia.
Entre risos e lágrimas
navego contra o vento
quando a vida não estende a mão.
Quem diz que estou sem rumo
só vê o espelho que te rodeia,
remo com braços curtos
a imensidão do mar que me incendeia.
Porque quem fica a ver navios...
acaba morrendo afogado na areia.

Amizade

Não adianta
pensar em amigos
só quando está só
ou com o coração quebrado.
Amigos são caixas de ferramentas
porém não conserta só quando é útil,
mas quando tem significado.
Quem não faz manutenção
não entende por que enferruja
a amizade.

Sonho com o dia
em que todas as noites
serão justas,
para que todas as estrelas
brilhem na Terra.
E que haja um céu
em cada coração.

Grande centrão: quebradas

Vidas sem ramos
barracos sem remos
vielas sem rimas
ruas sem romãs
balas sem rumos.
Um veio de selva
entre a relva
e os espinhos de cimento.
Almas em distúrbio
com desertos no coração
caminham em busca do centro
numa canoa furada
que navega dentro da gente.
Vidas secas
chegam ao fim
sem entender as veredas
e por que o centro é longe assim.

Querer
ser o número um
o tempo inteiro
pode te levar a ser
um zero à esquerda.
No silêncio do pódio
é que se descobre
que há caminhos
que chegar juntos é melhor.

Rede antissocial

Você curte tantos amigos
que não pode abraçar
que teus braços se cruzam
sem ter onde repousar.
São tantas palavras mal escritas
que você lê,
descansa sozinho na rede
sem saber no que acreditar.
Milhões de vozes jogadas ao vento...
querem confundir tua voz
mas se você escuta o zumbido do seu som
a gente para de bater palmas pros loucos
e começa a bater palmas pra nós.
Cuidado, pegar a visão
com os olhos dos outros
sem escutar o coração
é o mesmo que não saber enxergar.

Fluxo

A pretexto
do lixo do luxo
o fluxo dita a dor
em forma de canção.
A fome sem nexo
desce goela abaixo
a barriga até o chão.
Ausentes dos olhos frios
na traseira do caminhão
rabisco de gente
remexe, longe do buchicho
o garimpo do feijão.
Entre as cascas da parede
de vidas sem azulejos
está escrito na constituição:
Absolve quem tem sol
enquanto escorre o sangue do solvente.
Quem grita de fome ou de sede
é o nicho do baculejo
e a sobra da nação.

É preciso aprender
a sorrir espinhos
enquanto as pétalas
caem das flores.
Quem é semente sabe,
mil invernos
não valem uma primavera.

Pátria madrasta

Não nasci na favela,
mas a pele sempre
foi de madeira.
Ainda que a comida
nunca faltasse na panela
conheço o frio
do vazio da geladeira.
Um país estranho,
cheio de comida
e o povo vive com fome
ou fritando na frigideira.
Neste país,
sem sonhos de nação,
quando o pai ausente
se faz presente
o povo heroico,
preto e amarelo,
de alma brasileira

solta um rojão retumbante
para o povo se esconder
embaixo do berço esplêndido
dos raios traçantes e fúlgidos,
que furam corpos
e matam sonhos...
Esse é o Brasil descendo
quando sobe a ladeira.

Batalhas dos dias

Todo mundo fala em coragem
com o dedo em riste.
Tudo bem ter medo
mas escuta teu travesseiro:
Viver vem primeiro
e o final é quando você desiste.
Sonhar com as mãos
um capítulo por dia
lamber as feridas
e lembrar que estar vivo
deixa sequelas.
Dói porque não é novela
um presente, sei lá.
Mas cuidado, sem luz, a vida
é frágil como brilho de vela.

O filme do Brasil
está queimado faz tempo.
A cidade de Deus
sempre foi da tropa de elite.
Muita gente não assistiu
porque não passou
em todos os cinemas.

Feiura nas ideias[3]

Outro dia na rua...
— Poeta, as mina são tudo vagabunda.
— Por que você está revoltado? Respeita as mina.
— Pô, mano, elas só querem sair com ladrão.
— Moleque, acho que não é bem assim.
— É, elas não querem estudante e trabalhador como eu.
— Você acha isso mesmo?
— É quente.
— Ora, então por que não vai atrás das minas trabalhadoras?
— É que...
— Outra coisa, não é porque a mina não sai com você que é vagabunda. E nem todo mundo que tem um carro ou uma moto é ladrão, tem muita gente trabalhando como você.
— Carái, poeta, essa doeu...
— As minas não saem com você porque você é feio.
— Feio é você, poeta.

---

[3] Baseado em fatos reais.

— HA-HA-HA-HA!
— HA-HA-HA-HA!
— Sabe de uma coisa, moleque?
— O quê?
— Faz teu corre, deixa a vida dos outros em paz e não tenha vergonha de estudar e trabalhar. Você vai descobrir, com o tempo, que tem mulher que procura caras como você. Outras, não. É a liberdade de escolha. Vai por mim.
— Me liguei, valeu pelo salve, mas feio é você.
— Ha-ha-ha-ha-ha!
— Ha-ha-ha-ha-ha!
As ruas são excelentes professoras de filosofia.
Pratique andar nelas.

Ser artista
é uma doença
que não tem cura.
Mas nem todos
que viralizam
tem o vírus da arte.

Bora lutar
bora viver.
Quanto mais se vive
menos se morre.

Os livros nos permitem voar.
Os bibliotecários
nos emprestam asas.

Salve, como é que vai?[4]

Outro dia no bar do Zé Batidão:
— Salve, faz tempo, hein?
— Pode crer, bom te ver.
— Aliás, parabéns, Sérgio.
— Obrigado, mas pelo quê?
— Pelo seu trabalho. Por ser referência na quebrada.
Abraços. Sorrisos.
— Falando em referência, Márcia, e você, está fazendo o quê?
— Sou diretora em uma escola ali no Grajaú.
— Parabéns pra você também. Isso é ser referência na quebrada.
Ela completa:
— Casei, separei, casei de novo e meu filho está terminando a faculdade de Direito...
Mandei logo essa:
— Vida loka é quem estuda. Quem dá aula também. (Rsrs.)

---

4 Baseado em fatos reais.

Outra cerveja. Outras lembranças.

— Tem visto o João?

Nós não gostávamos dele porque ele sabia dançar samba rock com duas minas.

— Está bem. Montou um comércio ali no Jardim Ângela. A mulher dele é enfermeira, está no mesmo trampo há 20 anos. Compraram uma casinha.

— Que vitória pra nóis. Mais um lugar pra fazer churrasco. (Rsrs.)

— Sabe da última? — Falei de supetão.

— Não.

Ela fez cara de quem pensa: "Lá vem bomba". Nós somos dramáticos e desconfiamos das notícias.

— Da filha da Dayse e do Samuca, que fizeram a oitava série com a gente?

— Sei.

— A filha deles, Larissa, entrou em Medicina na USP. Não é daora?

— Ô, glória! Eles merecem esta felicidade. E ela sempre estudiosa... Ai, que orgulho. Isso é que é notícia. Foda. Foda. Obrigado por falar isso.

E lá vai mais outro brinde. E, apesar da vida que nos maltrata, sorrisos largos que só uma amizade que não envelhece pode trazer.

— Você tem visto o professor Toninho? — Ela está com sede, amigos.

Vai ficando velho e é só "lembra disso?" e "lembra daquilo?".

— Qual Toninho, o torneiro mecânico que fez aquele casão ali no Jardim São Luiz?

— Esse, não, o da Val, aquela advogada que tem um escritório ali na Piraporinha.

— Ah, sim. Acho que lembro.

— Ele continua levando literatura na escola. Montou um cursinho comunitário. A juventude não deixa ele se aposentar.

Falando da juventude, nosso papo foi envelhecendo. Ela provocando a memória.

— Falando em aposentadoria, o Zé se aposentou na empresa de ônibus.

— Qual Zé?

— Aquele que jogava futebol de salão com você.

— Sim, lembrei. A irmã dele, a Ana, tem uma loja de roupa ali na capela do Socorro. E mãe, dona Rosenda, voltou a estudar. A vi outro dia numa EJA no Taboão.

— Sim, ele mesmo. Nossa, que luta linda do Zé e da Sonia — a que montou aquele salão de cabeleireira ali na subida do Parque Santo Antônio — para formar os três filhos na faculdade. Agora estão tudo formado. O mais velho, Matheus, está trabalhando numa multinacional e ganha bem pra caramba. A menina, acho que é Mariana, é atriz. O outro, não lembro o nome, acabou de lançar um disco.

— Que disco? Isso não existe mais. (Rsrs.)

Só faltou lembrar da fita cassete.

— Ah, sei lá, sei que está cantando. (Rsrs.)

As lembranças dançando em volta dos copos.

— Soube que o Claudinho morreu esses dias.

O pai dela jogou no time dele.

— Infelizmente é verdade, já estava velhinho e doente. Uma lenda no futebol de Várzea. Quantas alegrias ele levou pra quebrada... Nosso secretário de esportes da periferia. Toda quebrada tem um. Né?

Porção de torresmo e mais duas cervejas depois. Ela lembra de mais um.

— Quem esteve em casa esses dias fazendo um trampo de pedreiro foi o Fabião.

— Ele está bem?

— Agora só trabalhando com agenda. (Rsrs.)

— Lembra que a mãe e o pai da gente falava que se a gente não estudasse iria virar pedreiro?

— Pois é, quem dera fosse verdade. Ele merece demais. Batalhou muito.

Sonzinho do *Fundo de Quintal* rolando nas caixas de som penduradas na parede. Lembrei de mais uma amizade.

— E a Fernanda, aquela que namorava o Miltinho, tem visto?

— É gerente daquele banco lá em Santo Amaro. Está todo domingo lá no Samba com a gente.

— Márcia?

Falei em tom de agradecimento pela conversa.

— Fala, meu mano.

— Se pá, nossa quebrada está cheia de referência foda.

Disse, orgulhosamente.

E ela fecha:

— É. Às vezes até nós pensamos que ser referência na quebrada é fazer sucesso na arte, no futebol... Que é daora também, mas olha quanta gente nossa e outras que não lembramos estão, apesar da vida, sendo exemplos de sucesso de luta diária na quebrada.

Ouvi como quem ouve um poema.

— Falou lindo, amiga. Sucesso pra nós, neste país, é estar vivo. Lutando e sonhando com as mãos. Lambendo nossas feridas, mas celebrando nossas pequenas vitórias. Ressuscitando pequenas lembranças, mas sempre de olho no futuro sem desprezar o presente.

— Você devia escrever sobre isso, poeta. Mas não bota meu nome. (Rsrs.)

— Quem sabe?

O bate-papo me fez lembrar da música "Sinal fechado", Paulinho da Viola.

— Sabe de uma coisa, poeta?
— Fala, diretora.
— Onde quer que a gente olhe tem uma referência na periferia.
— Pode crer. Outra coisa, periferia não é só um lugar, é um sentimento.

Saiu mais duas saideira.

SÉRGIO VAZ é poeta da periferia e agitador cultural. Mora em Taboão da Serra (Grande São Paulo) e é presença ativa nas comunidades do Brasil. É criador da Cooperifa (Cooperativa Cultural da Periferia) e um dos criadores do Sarau da Cooperifa, evento que transformou um bar da periferia de São Paulo em centro cultural e que reúne muitas pessoas para ouvir e falar poesia. A movimentação ganhou respeito e reconhecimento da comunidade e, também já há muito tempo, reverberou para fora dela. Sérgio Vaz já recebeu os prêmios Trip Transformadores, Orilaxé, Heróis Invisíveis, Governador do Estado 2011 em três categorias e, em 2009, foi eleito pela revista *Época* uma das 100 pessoas mais influentes do Brasil. Já publicou oito livros, dentre eles *Colecionador de pedras* (2007), *Literatura, pão e poesia* (2011) e *Flores de alvenaria* (2016).

Impresso por :

gráfica e editora
Tel.:11 2769-9056